迷宮書店

The Bookery

請輕聲推門進來

握著僅有的孤獨

誰都知道

孤獨是閱讀的鎖鑰……

迷

回到那家書店
已是很久很久以後的事
也許隔了一個世紀
也許是一輩子
這距離得用記憶來丈量

此刻的我和童年的我
距離到底有多遠？
要看中間經歷多少蛻變？
實現或推遲幾次

不切實際的冒險
那脆弱、易感的少年
充滿幻想而捨不得放棄孤獨
他曾帶我涉過陰暗積水的食道
去探望鯨魚肚裡獨居的老人
他曾帶我到濱海懸崖去瞻仰
那座為心懷愧疚的兒童設置的遊樂場
我憑什麼說，他和此刻
頹廢自棄的我是同一個人呢？
除了無人見證的腦海中
一片模糊而不確切的身影　心緒

連結我們彼此療癒的契機……

在沒落的書街一個
屢被郵差錯過的門牌裡
我曾在此深藏了一個
我自己版本的　童年

到那家書店的路徑每次不同
有時要找到巷弄中的巷弄
有時要穿過小學後面

忽有忽無的小理髮廳
有時好像
就在兩間相鄰店鋪
樓梯間的木板夾層裡

總之
岔開日常生活的動線
沿著野貓鬼祟的蹤跡
想從現實世界逃學的渴望
就會引領我來到小廣場前
孤芳自賞的「閱讀光年」

迷

就像記不起第一本書
我不曾深究書店全貌
還有周遭冷清的街區
它似乎不大
藏書似乎不多
但是總會找到
讓我好奇索讀的新書
或泛黃摺損的舊書
讀到酩酊忘我
讀到第二天醒來都不知

是先睡著還是先回到家

我喜歡找個隱蔽角落
每樣東西都靠得很近
像隻迷航落單的海鳥
停駐亂石嶙峋的礁岩
綣藏起羽翼

捧一本書
不被打擾
一翻開書
再次翱翔

就是我和那本書的世界了

除了書店主人和她的女兒
我大概是最常在此盤桓的人了
那可愛的小女孩好像是從
哪本童話書裡認養回來的
還沒褪盡夢幻迷離的神采
整齊瀏海遮不住明亮的額頭
深邃安靜的眼眸卻滿溢心事
稚氣臉龐上溫柔的弧度蒼白

讓我的目光不時在其上滑雪
失足……

她的父親瘦削斯文
喜歡文學且一事無成
而書店更像是已放棄營業
已脫離城市生活的私人藏書館
只有稀落的無邪的學生
無聲無息進出——
我甚至隱隱以為
這書店降臨於此

是專程來守望我孤獨的童年

「每次看到你的眼睛被
二十四開、三十二開印書紙上
密密麻麻的仿宋字點燃
我就倍感慰藉……」
「你和書真的很有緣份呢！
下次來，
我帶你看看我的祕密書房。」
那次，沉默寡言的店主
主動跟我攀談

但是我再回到這家書店
已經是很久很久以後了

我畢了業
因家庭變故匆匆結束童年
搬到別的地方念書、就業
進入信史時代
我繼續耽溺於書本內外的幻想
不曾發表作品卻認定自己

將成為被祕密流傳的作家
之後終究和Ｑ分手
她到大洋彼岸念書
以耀眼的風采嫁人
隔著十四小時的時差
我還能感受到她長舒了一口氣

我輕率逃離主流職場
以慘淡的失敗回應她的鋒芒
想騎單車一直到世界盡頭
但沒有一座城市大到可以

迷路永久

我摧毀了共同逐夢的航程
虛擲彼此揚帆奮進的青春
我在夢中特別懊喪
因為那些悔疚往事
失去了白晝的掩飾
便無所遁逃　無法停止
比醒時的真實更真實
我不可能重來

我的生命已經改寫
但是我的記憶與慣性
仍然停留在上一輩子
那時我手握鎖鑰
正要打開一扇命定而未知的門……

我不知如何重新開始
想找回不可逆轉的每一瞬間
重溫絮語與諾言
清點傷痕與過失
但是卻越退越遠

退到無從辨識的從前
我的根就是我的記憶
必須用嫁接法
重新把自己接回去

是誰帶我回來？
受傷動物的本能？
還是飄搖欲熄的心火？
告訴我
尋找解答

得回到童年

無論快樂　悲傷
要修補一個成年人
就要讓他徹徹底底
完成一次未完成的童年

「喔，是你？」
更加蒼老的店主平靜地說
「好久沒看到你了。」
「你還記得我？」

他平靜地點點頭

「連我都還記得呢！」

一個驚人美麗的女郎

走到她父親身後

「那時你在我們書店看書

看到打烊都不肯離開」

我想，也許當時以為

書未闔起都不算打烊吧？

「你的書房還在嗎？」

他們略帶遲疑

彼此互望
老人微微點頭
女兒面有不豫

「走！
我帶你去看看！」
老人拿著一把鑰匙和
一個鬧鐘領我下樓
打開陳舊的窄門
打開昏黃的光源
一座被禁錮的密室

便蹲踞在前

「我暱稱這兒為書井
書籍的書
水井的井」
他扭開另一盞檯燈
示意地撣了一下
書堆上的灰塵：
「它提醒我
坐井觀天也許能自得其樂
但要跳出井底又何嘗容易？」

遞給我那古老的鬧鐘：
「這個鐘我已設定
時候一到
它就會把你帶回來」

「帶回來？我會去哪裡？
為什麼要一座鬧鐘？」
老人笑而不答
靜靜退出房間

這時我才回神
注意這陌生的空間
也同時發覺
這間書房已注視我許久
以一種奇異的同情
好像它早已認識我
知道我此刻的心境

書房侷促而雜亂
參差的吊燈

環以高大的書牆
還真像一座石灰岩溶洞
我猜它是天井改裝而成
近二層樓高的天花板上
有天窗被油漆過的痕跡
外頭的天空便被遺忘了

它讓我想到昆蟲的體腔
雖然我從未仔細看過
即使是一隻飛蛾的內臟
但一定有些和生長或蛻變

有關的基因被複製或黏貼
在某些書籍某個角落裡

我終於抵達書店核心了
或更像回到自己的座位
卸下靈魂的甲冑
解散了自我防衛
感官神經原形畢露：
我的嗅覺很快在空氣中
攔捕到被灰塵壓制的霉味

蟑螂與樟腦混合的刺鼻味
受潮的紙張　分解中的油墨
也聽見書架呼吸　蠹魚爬行
地板被踩踏時連動到更多密室的回響
還有水管　電表　血管　心跳
除了我以外某巨大意識
在近處盤據的聲息

我順手翻開書堆上
灰塵較少的《魂斷威尼斯》

目光著陸於這行句子：
「他們說波蘭話、法國話，
也夾雜著巴爾幹地方的方言，
但是他的名字被叫的次數最多……」

恍惚間竟有金色長髮男孩
散著香皂味匆匆閃過書頁
我嚇了一跳　汗毛聳立
慌忙逃出字裡行間
但翻開的書頁繼續舒展
方塊字熱切召喚出來的

阿森巴赫徜徉的海灘

隨著震動的洋鐵皮般
反復沖刷上岸的波浪
遠處遊客的笑鬧與言談
一路看下去
這些文字似乎不甘只是文字
急著兌現自己背後滿滿的
意涵、暗示與想像
每個詞語都想直接帶我
到被它指涉的現場

符號的黑洞巨大的引力
正把我吸到書的更裡頭
透過成為它、穿越它
誕生到另一邊世界的外頭

在這樣的異境探索
像醉了酒服了迷幻藥
事物的屬性與狀態
被凸顯、誇大
主體與客體的界線
變得鬆動游移

我瀏覽著一排排書櫃
默念著碑銘般的書背
這裡頭許多我耳熟能詳
更多是初識或似曾相識
這些生命中某個時期
看過或想看的作品
像記憶的靈柩
安息著一首首難忘的樂曲

有些樂曲斑駁、磨損
只剩被過度傳唱的主旋律
但它們屬於再多人也無損
它們曾經僅屬於我自己

銅製檯燈下布面精裝
燙金書名已經剝落的《小王子》
雖是不曾見過的版本
但不妨礙久違的親密
我將就著小板凳坐下

迫不及待打開來端詳
試圖追索少年時代
化孤獨為壯遊的時光

「……星星真美」
太熟了
我沒有從第一頁開始讀它：
「星星真美
因為在彼有一朵看不見的花」
小王子滿心感慨地說

差不多就在同時
整個書房快速變化
原先井然的四壁有了痛覺般
膨脹收縮　瞬變著各種表情
像被喚醒了囚禁多年的想像
不顧一切要在此刻實現

又像千百年來所有被焚毀的
知識殿堂的幽靈附身
要一口氣洩漏所有
知識原罪

整個書房開始騷動　搖晃
書籍、文字裂解、增生
像被驚飛的各色禽鳥
在空中飄浮　翻騰
旋轉旋轉　匯聚為
龍捲風中空的體幹
一徑鑽開了天花板
牆板紛紛龜裂剝落
外頭的空氣灌入……
我的好奇想必激怒了

祕密的守護者　但
我並未覺察這一切
因為早已忘情置身
夜涼如水的沙漠

被砂礫過濾過
被晚風冷凝過的純氧
更新了我緊張的感官
我消化了一下剛剛那句話
流利回答：
「的確是這樣啊……」

然後兩人就不再講話
一起望著滿天繁星和
靜肅的沙漠

這一座座在夜間發光的沙丘
像星塵一顆顆堆疊起來的海浪
或是眾神睡醒離開後的被窩
讓人很想接近它　進入它
而它正透過睡意漸漸將你同化

小王子又說了

「沙漠真美……」

「嗯……」

好舒適的對白

他應該是講法文的吧？

無論如何　在閱讀中

我自然用思考語言來對話

其實我無時無刻

不為故障的飛機發愁

但我還是共鳴於這樣的交流

我一向喜歡沙漠
常常駕著雙翼飛機
以低於老鷹的高度和速度
巡航鳥瞰這無止境的荒蕪
有時降落中途站
挑一座沙丘坐上去
什麼也聽不見　什麼也想不起
覺得自己像被流沙遺忘的腳印

小王子自顧自地說：
「沙漠美，

因為沙漠某個地方藏有水泉……」

他眼裡的光芒像
星空中落下一滴水滴
一瞬間我似乎懂了
懂了我一直都懂的道理

房子、星星、沙漠
有些東西之所以美
因為它們暗藏我們
看不見卻十分珍惜的事物
這些體悟本無新意

但由於我們不曾重視我們
其實深切明白的事　所以
便以為自己並不知道
像那些成年人
創造出儼然的儀式
卻找不著近在眼前的價值
小王子提醒我們的
也許就是這小小的事實

我心思泉湧　百感交集
過去，我迷戀於這個故事的

憂傷氛圍所象徵的一個事實：
每個人都是一顆孤獨的星星
每個人都是一顆孤獨的星星
沒有人或偶爾有人靠近

但我始終輕忽作者的想法
堅持單純的信念
完成最初的感動
是個簡單的道理
大家都懂

然而在多數人的共鳴裡
如何獨享小王子的孤獨呢？

但是此刻我獨自與他相處
不須抵抗其它想法的介入
就這樣
我抱著他走了整個晚上
終於
在黎明的時候找到那口水井
由於發現了水井

我們興高采烈談了許多
也許是徹夜未眠的疲憊
我隱約有不祥的預感
覺得越來越靠近
不想面對的結局

他坐到我的身邊來
輕聲對我說：
「可別忘記你的諾言噉！」
「什麼諾言？」
「就是替我的綿羊畫個口套啊！

我得時時刻刻照顧我的玫瑰花呢！」

我不發一語

拿出了紙和鉛筆

十分慎重、用心地

畫了一個堅固的口套給他

「他真的要回家了！」我絕望地想

「你知道，我來地球

到了明天就滿一周年了！」

他似乎想安慰我

然後他跟我詳述了離開的方法
對地球人而言，那形同死亡
那一刻
我好像和最親密的朋友
討論著他明天的葬禮

但我耿耿於懷的不是死亡
而是分離
好不容易遇見流浪在
內心裡的小王子
好不容易和未曾長大的

文明取得聯繫
但是最終他仍必須離開

我開始挑戰他離開的方式
我說在整個故事裡頭
我最不喜歡的一直是
你離開的方式
藉由地球上一條卑微的蛇
來結束你輝煌的冒險之旅
那個地理學家
那個忙碌的點燈人

那個孤芳自賞的國王
還有和你相互馴養的狐狸
「我不覺得這是和你的玫瑰重逢
最好的方式……」

他有點無奈的說：
「也許我的牽掛與執迷
讓你心有戚戚
也許你想要對我更好
卻來不及表達
也許無論在故事內外

我們注定相知相惜
但是別急著用故事外的法則
來評判我們優美而離奇的遭遇……」

「也許我不認為這是一個故事
是遇到了一小塊的自己
想把他黏回去……」
「但是這副軀殼的確是太重了……
我的路途還很遙遠……」
「你確定脫離你的憂傷了嗎？」
「我不確定

我們的關係是我跟玫瑰共同決定的」
「但我真的不希望你以為
可以用自己的憂傷來緩解
你帶給別人的憂傷……」
他眨了一下
這些日子以來
他像是修補我童年的奇蹟
但還有好多好多話我來不及說……

鬧鐘響的時候

我的視線停在一張簡陋的插圖上
整個書房物歸原狀
但是我的心淒楚迷惘
久久不能平緩
我的鞋子上還有一些沙子……

這樣的衝擊太大了
我幾乎是逃出那家書店的
我不知道他們曉不曉得
我在沙漠中的遭遇
但因這忘情投入困窘不已

我知道很快就會再回來
但將努力拖延我的屈服
讀者和作品正在此實現
一種早被設定的非法關係
繼續造訪、陷溺是我的選擇
也是讀者的宿命

另個週日午後
我再度現身「閱讀光年」
書店主人似乎早已預期

美麗女郎則略帶焦慮
她的名字叫做麗穗
我原本應該知道卻毫無印象
她把鬧鐘遞給了我
「不要把時間定得太久」
她關心地盯著我說

這次在地下室
我翻找陳舊的古典詩詞
它們曾帶給青春前期的我
祕密的情感憑藉與

孤立處境的緩解
銘刻著古代詩魂的吉光片羽
和千年後亞熱帶少年靈犀相通
詠嘆、排遣著
泉湧不息的自憐與自許
不足啟齒的青春情懷
被苦心斟酌的文字簽署
成為
唯一被自己覺察得到的
自身存在的重量　啊
和不朽的你們共同脆弱

使我更勇於感傷……

越過《花間集》、《李煜詞集》
順著前人的摺痕
我一眼看到李清照的〈聲聲慢〉：

尋尋覓覓　冷冷清清
淒淒慘慘戚戚

隨著七組直白的疊字
我有些慌張地被喚醒

遺忘許久強說愁的歲月
沿著節奏緩慢讀下去
似乎轉眼便可觸及
易安居士在
宋室南遷的悽惶流離
以及夫婿明誠死後的
孤單無依

乍暖還寒時候
最難將息

面對一位女性作者
我進入作品的方式
更像是窺探者或暗戀者
清麗逼人的語言
交疊而成的意象裡
我佇立在一個和南方園林
相差無幾的古典庭院中
但被更多茂密的闊葉植物
與翠綠的盆栽遮蔽了視線

略嫌潮濕但涼爽的雨後

空氣中瀰漫被雨提味的
泥腥　與青苔的清香
陳舊的梁木　過期的胭脂
逸散了松香的墨汁
凝結出暗沉的氛氳
還有從飯廳傳來刷洗不掉的
長年被油脂與腐敗食物浸漬的
日常生活氣息

我的視線飄忽於迴廊下、窗台邊
循著未被阿爾泰口音濃化的漢語

終於看見
這個專心吟誦著詩詞
有著飽滿現代靈魂的
宋代第一才女

她依舊細心打扮
對襟綾羅　珠履華髻
氣質近似想像中
年齡再長一些的Q
但盛世不在　美人遲暮
只能自持家世一縷馨香

抵擋家道中落的慘淡
中年喪夫的孤立與
社會位階的下滑

三杯兩盞淡酒
怎敵他
晚來風急

易安居士的作品
曾讓年輕時的我
為之凜然、為之著迷

在近千年前的古代
她怎能如此的白話？
又如此精緻、典雅？
深沉悽苦的口語
雄辯坦率又理所當然
是多麼沛然寬裕的才情
又是多麼鮮明的女性主體

雁過也
正傷心
卻是舊時相似

她苦悶的身影如此巨大
因不放棄對生命的期待
醇醪與愁緒澆灌的長短句
每一首都回頭定義了詞牌
每一行每一句都
示範、煽惑著我們
因為她的感覺拒絕熄滅
堅持輝煌

　這次第
　怎一個

愁字了得

天色提前向晚
這時有人輕推院門
我想看她等的是誰
但是鬧鐘響得太早

看李清照的作品時
我想得多、讀得慢
不時勾起對往昔戀人的思量
她們的美麗優異與自我期許

自顧不暇的我難與匹配
我除了陶醉於幸福
現身於耽美的愛戀
沒有任何犧牲也
沒有任何貢獻

在兩性相戀的歷史上
男子們幾近愚昧無知
神魂顛倒、軟弱游移
張揚著根深蒂固的自私
辜負著情人真誠的託付

我不知這樣的不對等如何發生
但是　如果還能記得
第一眼被那夢境般的雙眸吸引
第一秒毅然許下誓言與宏願
就會驚覺之後實現的劇情
直如樂園的傾圮
巴別塔的覆滅

《鶯鶯傳》、《白蛇傳》、
《誘惑者日記》、《黛絲姑娘》、《小美人魚》……

多少愛情猙獰的面貌
隱藏於各式浪漫故事
我們真願在彼相戀嗎？
輕撫《追憶似水年華》新刷的封面
這樣的感喟達於頂點

這時麗穗推門進來
「還好嗎？這一次」
她關心地詢問
熟練地遞給我毛巾和茶水
我發覺到她的出現

讓我心情變得輕鬆
眉梢神經變得靈活
希望變得較有希望⋯⋯

我相信
他們父女對我已瞭若指掌
無須再繼續掩飾鎮日的
失魂落魄與無所事事
逐漸頻繁出現於書店
眼神不再迴避任何人

我的心中當然盤算著
幾本最想讀進去的書
但會不時改變主意
去翻看臨時起意的主題

就像這天，固定閱讀的沙發左側
本來是《三言二拍》、《聊齋誌異》、
《紅樓夢》和魯迅編選的《唐宋傳奇集》
但浮躁的午後阻止我
檢讀緊實簡約的古典作品

便路過咸亨酒店去看看孔乙己

小說一開始
當代都會的俐落光鮮
便被第一人稱的陳述隔離了
我很快進入被作者心智
結界的那個灰暗的時代：

發生了許多故事的烏有之鄉
魯鎮的街頭
有固定熱鬧和不熱鬧的時刻

但熱鬧總是從咸亨酒店這邊起頭
那年我才十二、三歲
注定只能做個無知或
所知有限的敘事者
我蹲坐在酒店曲尺型的大櫃台旁
無聊望著對街藥鋪和綢布行
直到短衣幫的客人陸續光顧
才開始忙碌起來

照例　我是透過眾人訕笑聲
才注意到孔乙己的到來

他是唯一身著長衫卻只能
站在前檯喝酒的客人
身材比我想像的高大
自尊比我想像的還小
違背我的期待
他也比想像更斯文

「亂蓬蓬的花白胡子
又髒又破的長衫
青白的臉色，皺紋夾雜著傷痕」
我一直想窺看

卻看不到他的眼神……

他熱心想教我寫字
蘸了酒就往桌上抹
但是我的地位夠低了
不能再和他靠得太近
對他　我一直有著難以言喻的
親切與嫌惡
但更多時候是混著恐懼的悲憫

故事很快結束

因為聽說他死了
沒有人親眼見到
但每個人都深信
他不可能存活
不可能安然存活
在任一個險惡的時代……

《孔乙己》輕描淡寫地震撼著我
故事裡的主人翁脆弱無害
卻曾讓我們如此害怕
害怕失敗離我們這麼近

悲慘離我們這麼近
殘酷離我們這麼近

無論別人怎樣詮釋魯迅
我總是感受到
他無法被讀者分擔的孤獨
他的孤獨在於與眾不同
這「與眾不同」無以排遣
因為諸眾以為與他相同
而他確實無法自外於

他們的血緣、記憶
情感與無能為力

在骨子裡
他對「眾」有很強的抗體
與任何「眾」都合不在一起
對這古老國度的心頭點滴
讓他始終裹足於
群眾的冥頑與盲從

西方文人對群眾性的批判

往往為了堅持某種個體性
他尖銳的言談則來自
無力矯治群體之病的
挫敗與焦慮

橫眉冷對千夫指
俯首甘為孺子牛

這個民族曾經飽受屈辱
徹底喪失了自信
有強大念力需要

彼此表態與自欺
重建尊嚴與榮譽
你的清醒會讓人警覺
你的輕蔑與疏離

極可能是近代華人
唯一能抵抗媚俗的創作者
於是忙碌備戰於或大或小
各類的毒龍與風車
那麼地激烈
那麼地激烈與無奈

鬧鐘響的時候
我鬆了一口氣
麗穗進來，端詳我許久
不知在尋找甚麼東西

我確定那是無言的善意
回以一個開朗的表情
但離開書店時不免納悶
明明束手於生命的谷底
還不時陷進離自己很遠的思緒

閱讀，
就是疏離

我決定換個主題來探險
所以這次來到書梯下
灰塵更厚的書架前
同時映入眼簾的有
《希臘之道》、《星星‧原子‧人》
和大部頭的《世界文明史》

我對《世界文明史》情有獨鍾
在島嶼仍被禁錮
旅行還未盛行的年代
這些參雜人文地理的歷史著作
就是最好的時空之旅
我最愛循著文明的線索
神入於書中人物的情境
杜撰傳奇發生的場景
歷歷在目的史實與言談
猶如前世親歷的遭遇

從克里特島到雅典
牧神的笛聲回響於沼澤山林
寧芙在列柱與廢墟間起舞
哲人在文明與野蠻間漫步
我一直想造訪古代的希臘
看看鉅量論述的後頭
年輕俊美的亞該亞人
對知識與藝術的浸淫
對肉體與情慾的狎暱

「公元前四八〇年到三八〇年的一百年間

在雅典演出了兩千多齣戲
早期，最佳悲劇獎是一隻山羊
最佳喜劇獎是一籃無花果和
一罐酒……」

《希臘的黃金時代》第七章
便是我多次流連的地方

閱讀客觀呈現的描述時
我是一名隱身的旅者
可以感受現場的聲音
光影　氣味甚至溫度

但失去主觀身分的投射
無法和書中人物互動

即使如此
廁身亢奮歡愉的酒神節
跟著摩肩接踵的各色男女
一路笑鬧於濱海露天劇場
和遠古民族共鳴於生命中
最原初的慾念想像與狂喜
竟有落葉歸根於心靈原鄉的
錯覺　和抹不掉的

異鄉人的孑然與落寞

在文明的此刻
夜晚是沒有光害的
酒神節的狂歡散場後
我躺在神殿的屋脊上
望著愛琴海特別近的
星空　愈加堅信
這些晶瑩耀眼的星座是
為了讓我們永遠能辨識
那些美麗的神話而存在

迷

早先在這書房裡
我也試圖進入「幾何原本」
或充滿方程式的天文書籍
但我不會在書中忽然了悟
原先不懂的東西，不會瞬間擁有
各種陌生的知識

更多時候我感同身受的
是那些被描述的天才、巨匠
從事嚴密思考時的緊張、專注

進行複雜推理時的琢磨、反覆
屢屢竭盡大腦續航力時的
氣餒與無助

讀尼采、叔本華或維根斯坦
抽象的書寫或論述會為我布置出
他們狂熱工作的現場
在彼經歷瀕臨崩潰或欣喜若狂的
失控：坐立不安、喃喃自語
狂亂的智慧之獸在書房來回走動
來回走動

我愈加明瞭
每一本書都同時運轉著
無數可能被實現的世界
圍繞著讀者解讀的核心
想像的本質　感受的重點
兩個人要在同一本書裡
擁有相同遭遇
難如九大行星連成一線
對詞彙的相同聯想
對情節的共同預期
還有對角色的態度

還有對自我的認知
那是先於文字的深層共鳴

但我們永遠不知道
我們曾經與誰共鳴

麗穗聽到鬧鐘後走了進來
熟練地打點一切
並以鮮明的愉快表情嘉許我
這次閱讀之後的輕鬆與自在

「妳害怕我會出事嗎？」
「畢竟這是充滿危險的閱讀方式……」
「妳害怕我會出不來？」
「有鬧鐘的話就不會。」
「我出不來的話，妳們會不會來救我？」
「你沒有意識要出來的話，
誰也沒辦法救你，
因為你的身心和書合為一體
而且不知走到那裡
你沒有意識要出來
連房門都很難打開……」

「妳也在這個房間看過書嗎？」

「常常……

我有一種先天的病症

不能輕易離開書店

在這個房間裡閱讀

是我參與世界的替代……」

「但是外頭的世界是不可替代的……」

「我知道。」

我不禁深深同情她

「我知道……」

「我大量的、熱切的閱讀這些書籍
想要發掘更多書中世界
比真實世界更好的東西
但是這一切充實與精彩
永遠只是某一本書的內容
我渴望著脫離文字的存在……」

「我希望耽溺於文字的我
可以為妳帶來一些
獨立於文字的存在……」

我們安靜了下來
感覺這間書房正在偷聽我們的對話

又過了許久
她說
「我希望你多找些健康、明亮的書
因為在這間書房裡閱讀
不論是正面還是負面的感受
都會加強加深許多
如同你置身其中」

「我知道
我已翻閱不少快樂的書
但是我想參與的
是現實世界沒有
只能出現在書中的
那些偉大的時刻」
我向她揚了一揚
拿在手上的《浮士德》

我喜歡德國

喜歡歌德時期的德國
更喜歡那個時期的歌德
那個永遠年輕以致於
永遠在談戀愛的靈魂

但他愛戀的對象不只是
繆司和那些純情的女郎
更包括了所有的智慧與知識
包括了擁有無限可能的自己
他的生命甚至比文學精采：
創造維特去替他談

一場不被允許的戀愛
為威瑪大公主理國政兼礦業部長
寫色彩論跟牛頓的三稜鏡抬槓
和拿破崙相互見証彼此的輝煌
逃官到羅馬當多年畫家
回來再和席勒共同打造
德意志文藝復興的盛況
而和海倫談戀愛
應該是文學所能創造
最浪漫的事件了

這次
我直接跳到悲劇
第二部的第二幕
書房接收到靈感
瞬間變成一座哥德式
中古煉金術士的實驗室
昏暗的貨架魅影零亂
空氣中瀰漫著怪異氣味
陰森的器皿和試管裡
漂浮著畸形的器官、標本、怪物、怪胎……

梅菲斯特是十足的魔鬼
絕對的迷人絕對的邪惡
猶如跟自身劣根性相處
人類對他總無法維持堅定的戒心

這犬儒、善辯、虛無主義的教皇
我並不特別在意、特別提防
也不動搖我的理念與信仰
對我而言
這個為了陷害我
而滿足我所有好奇的巫師

形同可以延遲許久
才需要兌現的死亡
或是如影隨形的惡運
將在最不經意的時辰
刺殺我的靈魂

他幫我實現那麼多非分之想
這加深我的野心與迫切感
去實現更多更荒誕的願望
巴不得在地獄熊熊大火之前
就被永難饜足的慾念

燃燒殆盡一身皮囊

一如所願
梅菲斯特給了我一把金鑰匙
讓我下沉到幽冥地府
開啟燒得通紅的三腳香爐
召喚出海倫絕美的真身
不出所料
我的身心立即被蠱惑
產生從未有過的渴望
以及無法填補的

亙古空虛與荒涼
我進行了時空穿越
不顧一切去尋找海倫
在德國歌劇格格不入的
希臘神話裡流浪闖蕩

《浮士德》這幾個篇章
歌德表現得太學究氣了
關於和海倫相戀的情節
怎能以結婚生子匆匆帶過？
作為書中主角的我

愈來愈浮現背叛作者的念頭

在第三幕
合唱團悽惶的歌聲中
衣香鬢影的女子魚貫而入
梅菲斯特幫了大忙
刻意杜撰被獻祭的恐懼
讓海倫帶著女眾前來投靠我

我從未預料
美可以如此強大懾人

雖然她的呈現如此柔弱天真
在經歷這麼多磨難之後
海倫依舊美得如此光潔
美得如此清純
外貌上、心靈上
絲毫不受傷害、沒有刮痕
她自然流瀉最女性的本能
不拒絕我對她的殷勤
不壓抑她對我的吸引力
也許她曾想從一而終
但並沒有能力阻止戀情

一次又一次的發生

美
是無法被獨享的

「為什麼這人的語音如此特殊？
親切悅耳並帶著協調的節奏？」
她問的是早已意亂情迷的
我的守城人林寇斯

「這是我們民族語言特有的腔調

適於唱歌適於思考更適於讀詩」
「那你可否教教我
把它說得更為動聽？」
我們熱切地交換彼此的語言
交換彼此的眼神
交換彼此的心跳
而她每一個認真學習的唇形
都是無法抗拒的
索吻的邀請

在書中我把我們的戀情
視為西方文明之古典美
與浪漫美結合的象徵
但是在當下
我的心智、我的存在
完全被費洛蒙溶解

我的心神無法收束
思考被雄辯的心跳摧毀
海倫啊海倫
我對妳的顯現如此敬畏

雄性的理智在妳跟前不堪一擊
無辜無瑕的美讓一切相形卑微

但他們內心的兵荒馬亂
妳不關心也不過問
作為永被希冀的對象
妳逕自美麗逕自閃亮
也許別人為妳　或為
他們的女神做得太多
妳想得比任何人都少
我渴望了解

卻無能也無從了解妳
我們愛情的內涵幾近空白
除了對美貌永恆的悸動
我如此迷戀於妳
以致太輕易越過臨界點
一切
變得索然了！

迷

鬧鐘響的時候　我
突然非常想念麗穗

慌忙跑出書房找她
她剛好不在櫃檯
不久從書庫走出來
看到我熱烈的眼神
有些羞怯又有些欣喜

我結結巴巴對她說
「我突然覺得很愧疚
我們認識得那麼早
卻從沒好好關注妳」
「那時我們都還小啊！」

「不是，不是這個原因
我一直被我的孤獨所蒙蔽
看不到別人也看不到妳
只知躲在文字的世界
挑選我的角色與場域
挑選我願意面對的主題

但是這個片面的世界
讓我更受侷限
此刻對於生活
我有了新的領悟

生活必需當機立斷
我必須適時闔起書
來認真閱讀妳」

我緊握她的手
想確定不是在夢裡
但我從來沒有覺得
如此地在夢裡

迷

對書店不尋常的歸屬感

介於神經質與自我意識
之間的病識感　以及
跟麗穗相依為命的情愫
形成完美的孤立
讓我陷溺於「閱讀光年」
自棄於一個和現實
遙遙對立的奇幻領域

我的性格中一定
暗藏著宿命的因果
思想與審美的潔癖

讓我習於文字建構的
純粹觀念與秩序
如同暗黑詩人愛倫坡
耽溺於妖嬈文字虛構
那親密有毒的世界
作品中永遠洋溢著
不祥的快感不幸的魅力

愛倫坡是了解現代詩情
最直覺、自然的捷徑
依循神祕孤僻的心智拼圖

我們目擊浪漫主義的魂魄
附身中古風歌德體的符碼
穿過前現代科學的陰鷙想像
過渡到現代文學的變身歷程
也追索出許多
科幻小說、懸疑小說
當代電影甚至少女漫畫的原形

在良莠不齊的翻譯裡
我印象最深的短篇是

〈橢圓形肖像畫〉：
一個瘋狂執迷於作畫的畫家
為深愛著他的妻子畫像
他是如此專注地畫著她
卻毫不關心真正的她
妻子默默地捨命配合
「溫馴坐在陰暗高聳的塔樓上
一坐就是好幾個星期」
當畫家像賦予生命般完成了
不可思議地栩栩如生的肖像
妻子的生命也被移植畫中

——她被畫死了……

這是多麼典型的愛倫坡想像！

幾乎是所有病態、沒落貴族家族

〈巫夏家族之沒落〉也一樣

最典型的悲劇範例

還有什麼比被恐怖

折磨、汙損的高貴

更令人不忍卒讀？

我抵達巫夏家的宅邸

已是枯寒的年終時節
烏雲低沉的籠罩大地
屋宇被死氣沉沉的老樹圍繞
整個院落被無所不在的憂傷禁錮
「我快要死了
由於遺傳自家族的絕症
此刻，
任何微小的物體或刺激
都對我產生極大的苦楚
忍受它又使我加速虛脫……
我並不害怕死亡的到來

但是死亡無法阻止的痛苦
才是死亡無法阻止的恐懼」
巫夏，我年輕時的好友
無助地向我求助
「看看我的妹妹
我們家族另一個倖存者
看看她
她已不久於人世
然後，
我就是最後一人了」

這時，他停頓了下來
我們一起驚悚地看著
被提及的梅德林小姐
無聲無息
慢慢穿過空曠的客廳
完全無視我們的存在
昏暗光線的描繪下
她蒼白木然的臉龐
像抽盡人性
夢遊的人偶
更像是幽靈

不久，
梅德琳終於臥病不起
我和巫夏合力把她抬到
側院臨時擺放屍體的
一個暗無天日的密室
任那冰冷的軀體兀自
散發猙獰邪氣的性感

七天之後某個夜晚
我們徹夜未眠

像亡命的野獸
聞及死亡的亢然
絕望等待大難臨頭
我專心傾聽遠方示警的風聲
他則緊張搜索屋內異樣的動靜
我們試圖朗讀故事來轉移
這令人窒息的焦慮
但是恐怖的氛圍
使我讀得上氣不接下氣
我很想逃離這裡

卻只能跟隨故事來行動
跟隨巫夏的恐懼來感受
終於
無法被死亡阻止的痛苦
激怒了死亡
梅德林再次站了起來
瞑目找尋哥哥
分擔這永恆的噩運
當她破門而入
撲向巫夏時
恐懼達於頂點

親眼目睹兩個
被厄運凌遲的死亡
我早嚇得魂飛魄散
心智和四肢斷然脫離
傳達意志的神經在肌肉間空轉
爭先恐後的念頭在喉頭壅塞
極力想吸氣
肺葉和心臟卻相互壓擠
極力想躲避
卻動彈不得癱軟原地

事後回想

我低估了想像的能量
我本想大面積沉浸於
十九世紀的懷舊與
浪漫華麗的神祕裡
但是陰森的描述與意象
反而開啟了內心的深淵
無數負面的想像深植於
人類的基因　等待符咒般
文字喚醒最黑暗的幽靈

我陷坐沙發
全身虛脫　大汗淋漓
第一次警覺到
這個房間暗藏深深危機

愛倫坡心智冒險之旅回來
我受到麗穗深切的關心
與嚴厲的責備
好幾天不去翻書
直到她的眼神稍微緩和

雷電交加的午後
整個城市褪色為多層次的灰影
「閱讀光年」像擱淺地表的太空船
寂寥地接受時光和雨水的侵蝕
如果它真的來自遠方
我想
它已失去返航的契機與能量

在忽明忽暗的閃光中
我看到角落裡一套黑色詩集
厠身《荒原》和《馬爾泰手記》之間

不知名的作者還親自畫了
封面和插圖

全書以黑底反白呈現的
《夢中邊陲》以一行行的詩句
帶領我
回到早先的心緒：

「當我再度醒來
我們就可以重新開始了嗎？
像新的一秒一天或一個世紀？

妳就會忘記
我的種種過失與欺瞞
妳的傷心與失望
只記得在我們
最幸福的那個世紀
布蘭登堡伴奏著流星雨
運河在午夜通航
地峽兩邊的大海
沿著滿溢的眼波
匯流以鹹鹹的

淚水？

妳就會忘記
作祟於妳我夢中的
悔恨與懊喪

只記得我的承諾
和曾經
妳對此深信不疑？」

遠處的煙火響起

行星一顆顆遠去
Q不知何時已回心轉意
啊她真的好美
我們手牽手
孩童一般興奮穿過
一座座燈火通明的古堡
那時我手握鎖鑰
正準備打開一扇
命定而未知的門
我忽然醒來

和Q已經是上個世紀的事了
我仍在這個世紀懊喪不已
用各式的自棄懲罰自己
為了實現那心慌意亂的歉意

而她對此一無所知……

我還記得我對小王子說
「我不希望你以為
可以用自己的憂傷
來緩解你帶給別人的憂傷……」

但是除了憂傷
關於那些往事
我真的無能為力

無論悲傷或歡喜
無論眷戀或厭棄
我一直不敢放手
一直不敢知道
我早已知道的：
曾經杜撰過一千種重逢的
我的過去

已經過去

我捧著書掩面啜泣
直到麗穗走進書房
緊緊抱著我

《追憶似水年華》太大太長
我多次想重頭讀它
都臨時打消了主意
恰好今天來得特別早

陽光暖暖洒在書店前的台階
讓我一時興起
想提前造訪
充滿鮮花　露天咖啡座
昂揚著印象派精神的老巴黎

「你確定要讀這套書了嗎？」
書店主人提出警告
「有些書有它先天的危險性
像《紅樓夢》像《追憶似水年華》
不需要借助祕密書房

就足以讓人深陷其中　無法自拔
許多人在讀完故事後
還不肯離開這些作品
魂牽夢縈
好像是這些書的幽靈」

我開玩笑地說
「也許我就注定成為書的幽靈」
麗穗不快地回應
「別開這些玩笑。」
我趕緊補充

「這部書其實是一個
想把時間留住的偉大實驗
普魯斯特相信
透過記憶的激活
可以掌握永恆的奧義」
「我也讀過它
但不是在地下室的書房」
「我曾經認真想過
要親自走訪《追憶逝水年華》的現場
雖然時間相隔百年
但那不可思議的文字

已把書中一切情景
銘刻為我個人的鄉愁」
「如果能離開這裡
我也好想跟你一起去」
老人不再阻止我
從櫃子下拿出另一個鬧鐘

但我不知道的是
這次書店主人給了我一個壞的鬧鐘
它會滴滴答答為我計時
但不會在適時的一刻

引領我走出文字的迷宮

阿爾貝蒂娜在第六卷的時候就死了
就在我因為強烈想念她而認輸
拍了一封充滿懊悔之情的電報
請求她回來之後
就在收到她因為強烈想念我
而寫了請求我讓她回來的兩封信之前
在這中間
她死了
從馬背上摔下來

撞在一棵巨樹上

從此
我們的愛情只能在腦海中
一遍又一遍重演於
人事已非的漫漫長日
雄心勃勃的書寫淪為
對她深刻而無謂的回憶

只要一想起她
阿爾貝蒂娜

「那些與過去相類似的時刻便
不停勾起我對於過去時光無休止的回顧
雨聲使我想起貢布雷丁香花的香氣
陽台上善變的陽光
使我想起香榭麗舍大道上的鴿羣
炎熱的清晨震耳欲聾的喧嘩
使我聯想到新鮮櫻桃的回憶
風聲和復活節的來臨
喚起我對布列塔尼或威尼斯的渴望……」

在黑暗的房間裡

那些忘了它們已不再存在的
影像與聲音仍不時闖進
不停加深我的痛楚
再多新鮮事物與密集行程
也無法沖淡阿爾貝蒂娜在世時
帶給我的那些最細節的甜蜜

「還有誰
會拿自己的睫毛
和我的睫毛相互廝磨取樂呢？」
所以我決定降落在第五卷
「女囚」的情節裡

第五卷並不快樂
情人之間所有勾心鬥角
傷害與猜忌都發生在這裡
但是前面很大一部分
有我見過關於愛情現場
最用心優美的描繪
讓我的目光捨不得須臾離開
尤其是一頭波浪起伏的秀髮
令人心旌飄搖的阿爾貝蒂娜

我十分懷念巴爾貝特的時光
那時她還沒屬於我
那時一切都還不確定
但是充滿了渴望與期待
第五卷並不快樂
我希望我的投入與想像
可以為讀者稍稍改善
這一去不返的似水年華

我當然明白
在閱讀中強烈的好惡

會扭曲書中最主要的旨意
我總是被喜歡的情節吸引
再三吟誦　反覆回味
總是迅速或粗略的翻過
那些不感興趣的章節
彷彿那是這本書裡屬於別人的遭遇

小時候讀《紅樓夢》
我就只顧搜尋
賈寶玉和林黛玉相關的隻字片語
不喜歡其他角色或情節的鋪陳

稀釋我對這個故事的參與
來到《追憶似水年華》
我的閱讀習性仍沒甚麼改變
雷達總是掃描著偏愛的角落
篩取著想要的東西

在他不朽的巨著中
普魯斯特精確細膩地記下
過往生命的場景
從貢布雷、巴黎到巴爾貝克
從希爾貝特到阿爾貝蒂娜

像用文字的針尖
在我們這些想像主體上
進行工筆的刺青
把帶著色彩的痛覺
原封不動
傳給我們

他似乎不急於分析
甚至不曾真正反省
他那變率極大的愛情
幽微生動的獨白裡

堆砌著事實　卻沒有真相
殷切盡責的文字
把餘溫猶存的記憶
移植為我們的記憶
於是他的生命從時間偷渡了
偷渡到一代又一代的閱讀中永恆了

但是閱讀時
我們還得用我們的故事
把他的作品轉化為
我們以為的作品

是的
有些情節必須讀者親自補齊
馬塞爾向我們展現了
現代男子愛情的洪荒時代
像〈橢圓形肖像畫〉裡的畫家
執意於理想對象的追求
但是愛情只在自我意識裡進行
和他極力追求的人幾無關係
任憑身旁酣睡的華麗女體
激發著內心的激情與荒涼
只為完成自戀繁瑣的儀式

普魯斯特始終沒有告訴自己
如果重來一次的話
如果重來一次的話
我們應該如何去愛

黃昏時刻的巴黎街頭
跟默片時代一樣暗淡
雖然奧斯曼苦心打造的街廓
依舊亮麗堂皇
但昏黃的街燈　貧瘠的電力
依舊無法點亮

二十世紀初塞納河畔的夜晚

即使如此
仍有不少市民在黑暗中遊盪
一不小心還會迎面撞個正著
花香　髮香混雜著
煤烟與獸力車的原始味道
靠近拱廊街入口有些騷動
叨絮的法語此起彼落
但是我仍然安適地穿梭其間
或者我並不是那麼的安適

但這已是我能力的極限了
我把阿爾貝蒂娜帶回巴黎
並嚴格限制她的日常行動
為了斬斷昔日社交圈
對她可能的不良影響
我把她緊緊帶在身邊

我知道
我對她限制之嚴苛
是旁人絕對無法忍受的

我相信她還深愛我的證據
就是她竟然可以接受
如此任性蠻橫的要求
而不曾離去

因為相信她還深愛著我
所以對她更多的愛與善意
就變得多餘
寧可將過剩的激情
鞏固她對愛的保證

新時代初啟的歐洲
男女社會地位懸殊
貧富社會地位懸殊
一個男子的愛情極可能
是他所愛女子的災難

即使擁有深厚的情感
也沒有更成熟體貼的表達
相反地　他會反過頭來
偏執於愛情的純粹與完整

無休止的猜疑
反覆鑽著牛角尖
恣意放大著對方
一舉一動的心機
不可自拔地患得患失
耗損著未及兌現的喜悅：
追求時輾轉反側
得逞後索然失落
如此一而再再而三
愛情就成了彼此的煎熬

我相信，
過去，累積出一個人現在的品質
對他的未來也有神祕的影響
偏偏，
我對於她的過去充滿不快的想像
連帶地對她的現在難以釋懷
相處得越久
就有越多的證據
支持我對她的不可理喻
女囚與獄卒終於緊緊綁在一起

但是獄卒用自由也換不到女囚
我不可自拔地愛她　依賴她
又不甘心於這樣的付出與依賴
偶爾發現自己不夠愛她時
還會異樣的欣喜

像今天在大馬路上
我還自得於我們現在的關係
回到寓所發現她不在時
我又暴怒焦燥起來
誰到巴黎來了？

她又急著去見誰？
明明知道將會被我責備
又是什麼強大的動機讓
她敢於違背我的意志？

進到本書之前
我就覺得馬塞爾這樣的偏執
顯得殘酷又自私
必須改換一種方式來
治療作者或讀者和
阿爾貝蒂娜的關係

我必須自己尋找解方
從和Q的戀情中得到的教訓
把學到的理想版本
勇敢實踐在閱讀裡

我應該對那飽受折磨的女孩說：
我的痛苦完全咎由自取
妳的閃躲也是情非得已
沒有誰一定要愛誰
如果在每次相處中
不能感受預期的幸福

積累美滿的共同記憶
我們沒有資格擁有彼此

誰不都是感情世界的倖存者嗎？
脆弱易感的年輕靈魂
看似平凡的成長過程裡
通過一座又一座所多瑪　蛾摩拉
我們好奇　困惑　滯留　毀損
自我欺瞞或自我懷疑
然後帶著未癒合的傷口
彼此相遇……

我不該一徑窺視妳的靈魂
沒有了解與同情
再多事實也無補於事實
只讓我對妳更一無所知

但她似乎未曾被我打動
也不知自己到底要什麼
只是一味搪塞一味順從當下
誘惑較強或意志較強者的
旨意

進入書中以後
我深切體會馬塞爾的挫折
所有的想法與對策
必須作用於對的對象
此刻我不夠了解她
因為她不夠認真了解自己

但是……如果我真的愛她
愛應該如何被定義？
去了解或者去包容
都將是通過檢驗

必要的覺悟

同一時間
在我一無所知的現實世界裡
麗穗氣急敗壞去找他的父親

「沒有辦法，
他注定要留在書本裡頭」
書店老人安慰著他的女兒
「如果是注定

你就不需要給他那隻壞了的鬧鐘啊！」

麗穗急得直掉眼淚：

「他對現實世界的疏離
是因為打從心裡介意
現實世界美好的可能
他並沒打算放棄」

「但是，
如果我們不把他獻祭給文字的詛咒
我們就永遠無法離開這裡……

我已經老去

而妳的生命正盛開
我絕不能讓妳繼續被禁錮
妳需要去參加真正的世界
去實現妳的願望
實現妳的美麗」
「但是
此刻我對現實世界充滿憧憬
那個深陷在書房裡的年輕人
正是我的動力……」
面對美麗而堅定的眼神

書店老人終於無語
他無奈地拿出另一個鬧鐘
她一把搶了過去
認真測試它的功能
鬧鐘一遍又一遍地
一遍又一遍地
鈴鈴地響起

「但這不能保證妳救得到他
你必須去讀同一個章節
和他產生精準的共鳴」

「關於這部書
他告訴我好多好多
關於他自己
也始終如實以告」

他們下了樓
費盡心思開門
「門打不開！
我們必須把樓梯撬開！」
麗穗慌忙找來扳手和鐵撬
終於把木頭階梯撬開

當他們吃力推倒書櫃
進到書房的時候
整個書房正在晃動　抽搐
彷彿巨大的馬達全速運轉
文字的旋風緊緊捆住
整個書井

麗穗翻過沙發
看見桌几上被翻開的書籍
但我並不在書房裡
而在書中的巴黎街頭

她穩住了心情
從翻開的書頁開始閱讀
漸漸漸漸
漸漸漸漸
神入於那混亂徬徨的角色裡：

我多麼想去愛那家世良好
教養良好的紳士啊！
但是放浪不羈的年輕男女
同樣吸引著我
紳士，是根據理想世界打造的

總是期待只能存在理想世界的
戀人與愛情
愛情老手雖不可靠
但是他們更了解
而且更遷就人性
他們要求的不多
只追求你的一部分

但是
通過他們的善意
我觸碰不到世界對我的善意

感覺不到我對自己的珍惜
如果你相信自己是棵
娉婷漂亮的樹
理應接受燦爛陽光的梳理
分享每個季節的風景
就不該貪戀陰影下的溝渠
我當然迷戀著馬塞爾
他的品味與談吐
他的敏感與細膩
還有
和整個文明若即若離的氣質

讓我覺得他的靈魂
有著更高的來歷
讓我嚮往更好的世界
也嚮往更好的自己

但我有些祕密不能告訴他
怕驚嚇到他激怒到他
怕被他看不起而將我放棄
那麼多人對我品頭論足
我只在意他深奧的眼神
如果他喜愛我

我就會更喜愛自己

但是他只願意看到期待的我
而且預先憎惡他所看不到的

現在與過去之間
何時有了鴻溝
兩邊都是不折不扣的我
為了他我做了許多改變
但是改變遠離了我
卻沒能更接近他

我的猶豫讓他更不信任我
對我的執迷越來越習於
負面情緒的表現
我越來越恐慌
越來越困惑
過去一直庇護著我
我怕放棄過去
也得不到現在

我想我正漸漸失去他
失之交臂的遺憾正預先形成

因為我是被書寫的角色
無從貫徹意志
去守護渴望的結局
或許，我不該老覺得自己
缺乏某種命運去擁有更好的東西
睡前再三告訴自己
只要此刻全心全意投入
其實就是最美好的結局

根據書中內容
當我匆匆忙忙回到家時

女傭弗朗索瓦絲告訴我
馬塞爾已經在家了
我整個心都涼了
多麼希望在他回家之前
我已經從容的在此等候
那就不會又一次引爆他
一連串的憤怒
一連串的懷疑與冷遇
我再也受不了這些後果
再三的違規就是我的抗議

我一直等著她回來
等到我知道她已經回來
焦慮與掛念才放下
才鬆了一口氣
只剩下單純的憤怒
我不急著見她
在我想出讓她更了解
我的憤怒的方法之前
通常不見她、輕忽她
就是我表達憤怒的方式

等待他的反應或是等待他的出現
都是令人倍感煎熬的事
下午和舊識相聚的歡愉
在自責中飽受厭棄
擔憂、懊喪、不滿、委屈
更有逃離這樣的處境
一了百了的衝動
我頭痛欲裂　全身發燙
帶著淚痕與沉重心情
非常不安地睡著了

此刻
我因百感交集而加倍清醒
她為何總是陽奉陰違、違逆我的願望？
總是搪塞扯謊、加深我的猜疑？
我為何懲罰她、折磨她？
只為向她傳達我的憤怒嗎？
但她怎麼可能不知道我的憤怒？
還是，她知道但決定輕忽？
如果是這樣又該如何？

所以，我告訴自己

接下來不是繼續生氣
不是讓她面對我的冷酷
如履薄冰的愛情
終將淪為痛苦的淵藪

沒有信任　心就無從安頓
我不能信任她
報復的方法就是
讓她不能信任我
因為沒有比不信任所愛之人更大的折磨
這是我在這場愛情中學會的

但是讓所愛的人受苦
是我唯一學會的事嗎？
我必須澈底了解一個人
才能全然愛她嗎？
在巴爾貝克的時候
我不是對她也是一無所知嗎？

對阿爾貝蒂娜的依戀使我計較每件事情
急著還以顏色、急於扳平
我強烈的愛情完全被
受傷的尊嚴壓制了

一直表達不出來
一直付不出去
為了那不可能百分之百的東西

在我們這個時代
男子們總是如此
越是認真的情感越充滿算計
怕付出得比別人多
怕吃虧　怕被蒙蔽
但在因愛情而陷入的困境裡
我們卻不再問問愛情的意見

要繼續無休止的刺探　猜疑
還是不顧一切先把愛情實現？

當他推開房門進來時
我已經睡得很憂愁了
黑暗中感到有人靠近
輕輕坐在床邊
我先是警戒著
然後醒過來，繼續裝睡
等待他的動靜

許久許久
我幾乎再度睡著
他開始輕輕的撫摸我
很輕很輕
像撫摸一隻垂死的天鵝
先是我的頭髮
再是臉頰
再是頸項
再見淚痕
然後是唇
他輕輕地吻我

怕把我吵醒
這不是他第一次偷吻我
但我第一次深深相信
他會全力保護我　不會傷害我
我的眼淚不停地湧出
但他已關門離去

只有她睡著時
我才可以放心地愛她
那時候她不會扯謊不會犯錯
她的過去也完全被忘記

每當我感覺到擁有她時
就會以她曖昧的過去
來壓抑、貶抑我對她的愛
降低對她的愛
讓我有安全感
讓我心裡平衡
她的抵抗讓我覺得她不知愧疚而生氣
她的順從讓我覺得她心虛而更加生氣
但是此刻我發覺
當她甜美無辜地睡著時
一切的一切

只不過發生在我心裡

愛情沒有特定理想的樣貌
你怎麼想怎麼做
愛情就是你所想出來
以及你所做出來的

由於一種奇怪的自信或信賴
在今天的早餐桌上
我換了一種眼神看他
坦率、直接不再迴避

他有些不自在
似乎覺得昨晚的憤怒還沒表達
但我並未預期他的憤怒
他的憤怒也就沒被邀請出來

他的心情開始變好
雖然並沒有準備好
等他笑出來而又驚慌地想收回去時
我不顧嘴裡頭的早餐
站起來吻他
像兩隻飢餓的灰熊

舔著彼此的蜂蜜

我們幾乎擁吻了一個上午

不可能發生的　發生了
發生在我們共同的閱讀裡
啊！普魯斯特普魯斯特
你曾經一心一意想去
對抗時間必然的侵蝕與消亡
你努力喚起官能記憶
以此為建材去起造時間的大教堂

你用文字封存生命當下的內涵
向死後無邊的黑暗
投出一顆遠古的琥珀
希望能觸及永恆
但我多想告訴你
抵抗時間還有別的方式
那就是愛

愛不需要永恆
愛需要被實現

那次的擁吻
我們有了自己版本的《追憶似水年華》
我們找到了更理想的相處模式
帶著一點東方和一點現代意識
這裡頭有來自對Q的記憶與補償
更有對麗穗的責任與甜蜜想像
那是確存於讀者內心裡頭的
但是我們可能脫離書本
可能脫離作者的原意嗎？
顯然在書裡頭我們

不曾意識到這些

那天
我相信是懷抱對未來的憧憬與決定
阿爾貝蒂娜告訴我
她想回土倫邦當夫人家一趟
把一切做個了結
包括另外一名男子的求婚
那人已糾纏她的姨母多時

我欣然同意

並表示已開始想念她
她羞怯而滿心喜悅地
接受了一次短暫的難分難捨

送她去安加維爾車站回來
我在陰暗的書房裡發呆
因為記憶裡有太多空白
當鬧鐘響時
我毫無反應
甚至沒有聽見鈴聲
像陷入很深的睡眠

只覺得夢境很厚很遠的
外頭有持續不斷的震動
我在書裡面逗留太久了
已經忘了鬧鐘的事
很難被叫醒

當我昏沉沉被叫醒
回到書房
一時還以為在巴黎的臥室
許久

進入《追憶似水年華》之前的點點滴滴
才慢慢被重建回來
我的意識也從主角身上
漸漸退回閱讀的現場
我繼續在陰暗的書房裡發呆
確定三魂七魄陸續歸位
完整拼回原先的自己後
才離開地下室

書店主人看到我
鬆了一口氣

「太好了！你終於回來了！」
「麗穗呢？」
「麗穗？」我被問得一頭霧水
「麗穗在哪？」
老人大吃一驚：
「什麼？她沒有跟你回來嗎？」
我覺察大事不妙
「跟我回來？她去了哪裡？」
老人幾乎崩潰　跌坐地板
「糟了糟了！怎麼會發生這種事？」
「哪種事？」

他夾纏不清的說
「你的鬧鐘壞了
麗穗帶了一個好的鬧鐘
到書裡去救你
沒想到你出來了她卻沒出來……」

「怎麼會這樣？」
我的著急迅速燃成憤怒
「麗穗在哪裡？
麗穗怎麼會出不來？」

「麗穗在書裡頭
在《追憶似水年華》裡頭
鬧鐘沒把她叫出來
她就永遠都出不來」
「怎麼會這樣？
快一五一十告訴我
在這個房間閱讀的時候
我們到底發生了什麼事？
為什麼會有這樣的書房？
你為什麼要帶我進來？
你們為什麼又都離不開？」

「這是一間被詛咒的書店
我已經被困在此多年　不能離開
除非找到一個跟我一樣
永遠陷在文字裡的讀者
而困住我的書就是《迷宮書店》

樓下書井就是一座文字迷宮
它實現了文字在讀者腦袋裡
誘發的想像
同時這些想像會自行填補
文字和意義之間的空隙與

同步發生於文字外的情節
於是你閱讀的路徑
便被你衍生的想像
修改、增補、變形
找不到原先的路途回到
座落於現實邊緣的
閱讀起點
必須靠鬧鐘
來穿透時空……

這座迷宮

也會在讀者的心智裡
腐蝕書中世界與現實世界的界線
當你專心閱讀、全神投入
漸漸忘卻幫你分辨真假的
書外世界這個座標的時候
你就已經陷溺於文字迷宮

我注意到你對閱讀的執迷
想讓你承接文字的詛咒
然後帶麗穗逃離這裡
但是我的女兒不答應

她非常喜歡你
決定冒著危險
到書中把你救出來
沒想到卻……」

我想到那雙總是充滿了解與關心的眼眸
我太相信我們會有一輩子的時間談心
以至於甚麼都還來不及跟她說
想到她一個人在書本裡
在別人的杜撰中摸索
歷盡滄桑卻不再醒來
更是心急如焚

為什麼麗穗沒有跟著回來？
為什麼她沒有被鬧鐘叫醒？
因為她那時不在現場
因為阿爾貝蒂娜在第六卷死了
阿爾貝蒂娜從巴黎住所
逃回到姨母邦當夫人的家
在騎馬時摔死了
但這不應該發生在麗穗身上
我們已經改寫了故事
如果沒有　如果沒有
我們也可以從頭開始

「那我可以再把她救出來嗎？
在閱讀中還會發生什麼事？
這個詛咒包括了哪些規則？
讀者可以更改故事情節嗎？
讀者可以把現實世界的記憶帶到書本裡嗎？
我們可以更改書中人物的性格與命運嗎？
如果讀者所投射的主人翁在故事中死了
讀者還可以在現實中活回來嗎？」

或者，
所有的故事都是現在進行式

誰也無法預知
其本質與未來
或者這一切都是作者
苦心孤詣布置的陷阱
作為對躊躇滿志的讀者的
一種懲罰？

「在平常的閱讀環境裡
讀者對於書中的內容
所做的改變都是有限的

但是在這兒完全不一樣
它是文字加諸於所有人
童年的第一個詛咒
你在當時對閱讀的體驗、記憶與感受
決定了你對這一切的想像

是的，你在書中所有的遭遇
取決於你對閱讀的想像
對語言與文字的信念
對讀者與作品、作品與真實
真實與虛構的信仰

我們的世界看起來如此真實
但是純靠真實卻構不成整個世界
我們也許只能說
這個世界是百分之一的真實
與百分九十九的不真實構成
文字迷宮代表著
那百分九十九的可能
就像文字代表著它無法呈現的
百分九十九的意涵……」

我們對於閱讀

到底知道多少？
有時像童年的噩夢
有時像青春的救贖
我們對於文字
在作者和讀者心中
在意識或潛意識中
發生了什麼事
幾乎一無所知……

霎時我有了不同的想法：
「也許這跟文字、跟閱讀的異化

一點關係也沒有
而是跟你的生活、你的現實生活有關
當你對現實世界的介入越來越稀薄
文字世界的存在便越來越密實
甚至入侵到脆弱的現實裡

我會來到「閱讀光年」
我會走到這裡
因為此刻我正立足
在這轉捩點上

如果我離開這家書店
我便回到了書本外的世界
如果我遵循著迷宮的咒語
去尋找流浪在字裡行間的麗穗
我其實已陷身文字迷宮……」

文字世界和現實世界
如何能區分真假呢？
文字是現實世界的一環
現實世界靠文字而流傳
他們交集在大腦而安置了世界

但是文字更多時候無關真假
本體論法則也偵測不到
因為它發生在我們大腦中
在大腦中　有現實基礎的
和虛構出來的　是等值的

但是
此刻
是不是真實不再重要
在閱讀的此刻
你想要追求什麼才重要

看著那本攤開的書
靜靜躺在桌几上
似乎在文字的遠方
並沒有任何動靜

我平靜地回過頭
對書店主人說
「給我換個最好的鬧鐘吧」
這樣的情境不知為什麼
使我想起為了閱讀

情願孤獨的童年
給我一個好的鬧鐘吧
給我一個安靜的空間
我將好好地讀一本書
我最珍貴的夢想
就在裡頭。

二〇一五年六月初稿完成
二〇一六年一月二十一日定稿
二〇二三年十月十日聯文版修訂完成

二〇二二年修訂版後記

《迷宮書店》是我正式掛名「故事雲系列」的第一部詩劇創作。為了統一規劃，這次把它移回聯合文學出版，換了封面，也做了些許修訂。

非常巧合，今年下半年忽然有一個機會，便把《迷宮書店》搬到劇場演出，並裝配以目前最先進、熱門的沉浸式投影。我自己充當了編劇、導演，非常忙亂，操了不少心，也趁機仔細重讀了我的閱讀冒險之旅。

目前預計，十一月初《迷宮書店》就會在華山文創園區推出。由於整個演出腳本經過多次重寫，和此刻這部詩劇有著極大出入；大量的獨白被對白與旁白替代，閱讀的探討也向愛情與兩性議題偏移，文字更加口語，表現更具親和力。我多次觀看演員的排演，非常喜歡，也體悟到不同藝術形式對於訊息的表達有著本質上的差異。

這其實正是「故事雲」命定的使命。關於「故事雲」的理念，我曾經這樣說明：在文學領域，文字呈現就是作品的最終形式，而在「故事雲」系列裡，我不但預期這些文字將由視聽、影劇形式進行再創作，而且在書寫期間就已經把這些元素預先植入了。所以，與「故事雲」同步發生的，是我對於詩創作的想像一次更大膽的拓展。

當初構思《迷宮書店》的時候，我是想用一種比較間接、有趣的方式，來介紹我從小到大幾次印象深刻的閱讀體驗與心得。但我不是在排書單，也不是記流水帳，所以做了許多取捨而漸漸失去原貌。談及這些大家耳熟能詳的文學名著，最大的挑戰在於：你的改寫必須符合讀者對它們的印象，但又必須提出超越這些印象的獨到見解，甚至形成對話、辯證或Insight，因為那才是你獨有的貢獻。

「故事雲」系列的書寫計畫從二〇〇五年開始後，真的累積出一些作品，實驗了一些展演形式，學習到許多新的專業知識，當然也有一些心得與自信，讓我相信這條創作路線將會持續下去。

二〇一六年初版後記

這是一次詩劇創作的嘗試，也是自二〇〇五年展開的「故事雲」故事書寫計畫的一環。

我一直想用詩來多玩一點東西，而且我相信它做得到。我曾說過，你對一件事物的想像有多大，它就可能有多大，它對你的貢獻或影響就有多大。我一向把詩的意涵想得很大。原因無它，我把運用詩來創作的我自己——這麼一個創作者的可能性想得很大。

自二〇〇五年起，由於受到一些音樂劇的衝擊，我對寫故事更為著迷。尤其對於把詩的元素或某種詩想，和別的表現、表演形式結合在一起極感興趣。

我也相信像我這麼喜歡越界、跨界的人，應該非常適合跨界或多媒體或生產方式較為複雜的東西。「故事雲」計畫就是為此而啟動。透過故事或劇本的創作，探索參與其它的藝術或影劇形式。

在《迷宮書房》之前，我已經完成了〈桃花源〉、〈世紀情書〉、〈民國姐妹〉，以及〈說書人柳敬亭〉的劇本改編。接下來是什麼？我也十分好奇。

另外，在本書引用到的作品有：

托瑪斯曼的《魂斷威尼斯》、聖修伯里《小王子》、李清照的〈聲聲慢〉、魯迅的〈孔乙己〉、威爾杜蘭特的《世界文明史》、歌德的《浮士德》、愛倫坡的〈橢圓形肖像畫〉、〈巫夏家族的沉淪〉、普魯斯特的《追憶似水年華》等。中文的著作不談，需要參考原文或翻譯的出版品有：

托瑪斯曼《魂斷威尼斯》，宣誠譯，志文出版社；聖修伯里《小王子》，宋碧雲譯，志文出版社；威爾杜蘭特《世界文明史》，幼獅出版社；歌德《浮士德》，綠原譯，貓頭鷹出版社；愛倫坡《黑貓、金甲蟲》，杜若洲譯，志文出版社；《陷阱與鐘擺》、梁永安譯，大塊出版社；愛倫坡《從地獄歸來》，陳福成，慧明文化；普魯斯特《追憶似水年華》，李恆基、徐繼曾譯，聯經出版社。

Remembrance of Things Past，Translated by C. K. Scott Moncrieff and Terence Kilmatin，Vintage Books.

我在此或者直接引用了作品的文句（以仿宋體標識），或為詩劇的修辭考量做了改寫，有時則描述、引申或改編了這些作品的情節，在此一併說明。

國家圖書館出版品預行編目資料

迷宮書店/羅智成著. -- 初版. --
臺北市 : 聯合文學出版社股份有限公司, 2022.10
216面 ; 12.8×19 公分. --
(文叢 ; 715)(羅智成作品集)

ISBN 978-986-323-483-8

863.51 111014147

聯合文叢715

迷宮書店

(修訂新版)

作　　者／羅智成
企劃・設計／羅智成
封面・插圖／羅智成

發 行 人／張寶琴
總 編 輯／周昭翡
主　　編／蕭仁豪
編　　輯／林劭璜　王譽潤
資深美編／戴榮芝
業務部總經理／李文吉
發行助理／林昇儒
財 務 部／趙玉瑩　韋秀英
人事行政組／李懷瑩
版權管理／蕭仁豪
法律顧問／理律法律事務所
陳長文律師、蔣大中律師
出 版 者／聯合文學出版社股份有限公司
地　　址／台北市基隆路一段178號10樓
電　　話／(02) 27666759轉5107
傳　　真／(02) 27567914
郵撥帳號／17623526聯合文學出版社股份有限公司
登 記 證／行政院新聞局局版臺業字第6109號
印 刷 廠／沐春行銷創意有限公司
經 銷 商／聯合發行股份有限公司
地　　址／(231)新北市新店區寶橋路235巷6弄6號2樓
電　　話／(02) 29178022
出版日期／2022年10月　初版
定　　價／340元

ISBN 978-986-323-483-8 (平裝)